LOGURA POR LAS MARIPOSAS

Escrito por Lori Haskins
Ilustrado por Jerry Smath
Adaptación al español por Alma B. Ramírez

The Kane Press
New York

Acknowledgements: Our thanks to Dr. Dennis Frey, Biological Sciences Department, California Polytechnic State University; David F. Marriott, Ph.D., Executive Director and Founder, The Monarch Program, San Diego, California; and Karen Oberhauser, Ph.D, University of Minnesota, for helping us make this book as accurate as possible.

Book Design/Art Direction: Edward Miller

Library of Congress Cataloging-in-Publication Data

Haskins, Lori.
    [Butterfly fever. Spanish]
    Locura por las mariposas / escrito por Lori Haskins; ilustrado por Jerry Smath; adaptación al español por Alma B. Ramírez.
        p. cm. -- (Science solves it! en espanol)
    Summary: When fourth grader Ellie and her mother leave their home in Oregon to spend a winter in Melville, California, Ellie misses her friends, but she makes new ones in school as they study monarch butterfly migration and prepare for the town's Monarch Festival.
    ISBN 978-1-57565-284-9 (alk. paper)
    [1. Monarch butterfly--Fiction. 2. Butterflies--Fiction. 3. Moving, Household--Fiction. 4. California--Fiction. 5. Spanish language materials.] I. Smath, Jerry, ill. II. Ramirez, Alma. III. Title.
    PZ73.H264 2009
    [E]--dc22

                                                                                2008025643

10 9 8 7 6 5 4 3 2 1

First published in the United States of America in 2004 by Kane Press, Inc.
Printed in Hong Kong.

Science Solves It! is a registered trademark of Kane Press, Inc.

www.kanepress.com

—¡*A*llá vamos, California! —cantó Ellie.

Ellie y su mamá vivían en Oregón, pero este
año harían un intercambio de casas con una
familia de California. ¡Disfrutarían de los rayos
del sol todo el invierno!

Después de un viaje largo, Ellie vio un cartel grande. "Bienvenidos a Melville, California". —¡Vaya! —dijo—. Hemos llegado.

Leía carteles mientras pasaban por el pueblo: Repostería de Mariposas, El Café de las Orugas. Entonces, divisó la escuela.

—Hogar de las Monarca de Melville —leyó—. ¿Qué es una monarca?

—Es una clase de mariposa —dijo su mamá.

—Con razón —dijo Ellie—. ¡Este pueblo está loco por las mariposas!

Regalos de MARIPOSA

El Café de las Orugas

Se enteraron por qué cuando pararon para almorzar.

—¡Mira! —dijo Ellie—. Aquí dice que miles de mariposas monarca vienen a Melville para pasar el invierno. Se van en la primavera.

Su mamá sonrió. —¡Igual que nosotras!

Fiambrería

ALAS BRILLANTES

¡PESCA LA LOCURA POR LAS MARIPOSAS!

¡Desfile! ¡Picnic!
¡Fuegos artificiales! Vengan al
FESTIVAL DE LAS MONARCA.
¡Vean las hermosas mariposas
con sus propios ojos!

Cuando grupos de animales se trasladan de una región a otra, decimos que emigran. Muchos animales son migratorios, entre ellos, las aves, las ballenas y, ¡hasta las cebras!

Ellie fue a la escuela al día siguiente. Se sentó junto a una chica llamada Tess. —Elegiste muy buen año para venir a Melville —le dijo Tess—. Los chicos de cuarto año siempre están al tanto de las monarca.

—Le avisamos al alcalde cuando están por llegar —agregó el Sr. Barr— ¡para que pueda inaugurar el festival!

¿Por qué emigran los animales? Para encontrar alimento y agua o, como las mariposas monarca, para encontrar un sitio cómodo donde pasar el invierno. A las monarca les gustan los sitios frescos y soleados.

—Primero tenemos que encontrar por todo el noroeste personas que las observen —dijo el Sr. Barr—. En cuanto ven que las monarca se dirigen hacia el sur, nos avisan. Entonces ponemos un alfiler en el mapa para indicar dónde están.

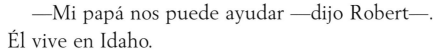

—Mi papá nos puede ayudar —dijo Robert—.
Él vive en Idaho.

—Yo tengo primos en Washington —dijo Tess.

Ellie estaba un poco cohibida, pero levantó la
mano. —Les escribiré a mis amigos de Oregón.

MAPA DE LA MIGRACIÓN
DE LAS MONARCA

Montañas Rocosas

N
O   E
S

Puedes encontrar mariposas monarca
por todo el país. En el otoño, las monarca
del este de las Montañas Rocosas
emigran a México. Las monarca del oeste
de las Montañas Rocosas emigran a la
costa de California.

Después de la escuela, Ellie le envió un correo electrónico a su mejor amiga.

Querida Lee:

Me estoy divirtiendo mucho en California. Mi clase tiene un proyecto. ¡Debemos seguir el trayecto de las mariposas monarca! Vuelan hasta aquí desde Oregón y muchos otros lugares. Por favor, escríbeme si ves algunas. Tienen alas anaranjadas y negras. Te envío una foto para que sepas cómo son.

Con mucho cariño,

Ellie

P.D. ¡Saludos a Hannah y a Syd! Me muero de ganas por verlas el próximo mes. ¡No me perdería tu fiesta de cumpleaños por nada del mundo!

Lee

Hannah

Syd

¿Emigran todas las monarca a la vez?
No. Algunas empiezan su viaje al sur
en agosto, mientras que otras no se
marchan hasta noviembre. Las que
empiezan temprano llegan a su hogar
invernal en octubre.

11

Una semana después, Tess recibió noticias de sus primos de Washington. ¡Las monarca estaban en marcha!

A medida que pasaban los días, llegaban más mensajes. ¡Llegó uno de Lee!

Hola Ellie:

¡NO LLEGUÉ A VERLAS! Los de mi clase buscaban mariposas monarca todos los días. La semana pasada, todos las vieron, menos yo. Estaba en cama con gripe. Ahora las mariposas se han marchado. Me imagino que se dirigen hacia el sur. Espero que esto te ayude.

Sólo quedan DOS SEMANAS para las vacaciones y ¡para mi cumpleaños! ¡Me muero de ganas por verte!

Con mucho cariño,

Lee

P.D. XOXO de parte de Hannah y de Syd

MARIPOSA

Alas anteriores

Alas posteriores

Antenas

Ojo

Espiritrompa (boca)

Tarsos (pies)

Las mariposas son insectos. Eso quiere decir que tienen 6 patas y un cuerpo dividido en 3 partes.

MAPA DE LA MIGRAC
DE LAS MONARC

—Lee sí ayudó —dijo Tess—. Pondré un alfiler en el mapa.

—Esto me parece muy divertido —dijo Ellie—, pero quisiera saber más sobre las monarca, tanto como todos ustedes.

—Nosotros nos encargaremos de eso —dijo Tess.

Después de la escuela, Tess y Robert llevaron a Ellie al museo de ciencias naturales. —Las monarca no son las únicas que emigran —les dijo su guía, la Dra. Yi—, pero son las que vuelan la distancia más larga. ¡Algunas recorren más de 2,000 millas!

"La Dra. Yi sabe todo sobre las monarca", pensó Lee.

La mayor parte del tiempo, las monarca se quedan cerca del suelo, pero algunos planeadores las han visto en el cielo ¡a 2 millas de altura!

Por lo general, las monarca vuelan 50 millas al día. Se detienen para descansar y beber néctar (el jugo dulce de las flores). Su boca tiene forma de tubo.

Las monarca no pueden volar en la lluvia. En los días de lluvia, se quedan en los árboles.

Las mariposas dependen del sol para mantenerse calientes y poder volar.

Las alas de una mariposa nos pueden dar información sobre su vida. Unas alas perfectas, sin rasgaduras, quieren decir que esa mariposa nació hace poco. Un corte en forma de V significa que un pájaro la atacó, pero la mariposa se escapó. Alas desteñidas y rotas significan que la mariposa ya es vieja y no le queda mucho tiempo de vida.

Aún había algo que Ellie no entendía.

—¿Cómo saben las mariposas adónde ir? —preguntó.

—Esa es una pregunta muy buena dijo la Dra. Yi —. Algunos científicos creen que las monarca se guían por el sol. Otros piensan que siguen los ríos o las cadenas de montañas. La verdad es que nadie lo sabe con certeza. ¡Es uno de los grandes misterios de la naturaleza!

CICLO DE VIDA DE LA MARIPOSA

Huevo

Adulta

Larva (oruga)

Crisálida (Pupa)

Camino a casa, Ellie se puso a pensar en todos los eventos divertidos que se acercaban, como el Festival de las Monarca y la fiesta de cumpleaños de Lee. ¡Tenía muchas ganas de que llegaran!

Entonces, tuvo un presentimiento raro. ¿Qué pasaba si las monarca llegaban el mismo fin de semana de la fiesta? Entonces, ¿qué?

"Eso no puede pasar", se dijo a sí misma.

¡Pero eso fue exactamente lo que ocurrió!

—Las monarca están por llegar —le dijo
Ellie a su mamá unos días después—. El alcalde
celebrará el festival el sábado. La fiesta de Lee
es el domingo. No podemos asistir a los dos
eventos.

—Oh, Ellie —dijo su mamá—. ¿Qué quieres
hacer?

—Le dije a Lee que iría a su cumpleaños
—dijo Ellie—. Tengo que cumplir mi promesa.

Esa semana todo el pueblo estaba ocupado con los preparativos para el festival. Ellie ayudaba, pero estaba muy triste. Se iba a Oregón el viernes. "Si tan solo pudiera ver el festival y a Lee", pensó.

El jueves por la tarde, una camioneta se detuvo junto al garaje de Ellie. ¡Lee, Hannah y Syd salieron de un salto!

—¡Cielos! —exclamó Ellie—. ¿Qué hacen aquí?

—Tu mamá nos dijo lo que ocurría —dijo Lee—. Entonces pensamos, ¿por qué no celebramos mi fiesta de cumpleaños en California? Así te podemos ver a ti y a las mariposas!

—¡Esto es estupendo! —dijo Ellie.

—¡Esto es estupendo! —dijo Ellie otra vez, dos días después. El Festival de las Monarca había empezado. Volaban los bastones. Chocaban los platillos. Cien niños disfrazados de mariposas desfilaban, pero todavía faltaba la mejor parte.

Después del desfile, todos se reunieron en el parque para disfrutar de un picnic. Arriba, millares de mariposas monarca brillaban en los árboles.

—Es hermoso —dijo Ellie suspirando.

—Parecen hojas de otoño —dijo Lee—. ¡Es difícil creer que en realidad son mariposas!

—¡Lee! ¡Quédate quieta! —susurró Hannah. ¡Una mariposa se había posado en el brazo de Lee!

Ellie agarró su cámara y tomó una foto.

—¡Vaya! —dijo Lee mientras la mariposa se iba volando—. ¡Qué lindo regalo de cumpleaños!

Las monarca se amontonan en los árboles. Nadie sabe por qué. Puede que estén más protegidas contra sus enemigos en grupos que solas.

Después del festival, el resto del año escolar pasó rápidamente. En marzo, las monarca empezaron a irse de Melville. Ellie le escribió a Lee.

¡Hola, Lee!

¿Adivina qué? Las monarca se marchan de Melville, ¡y se dirigen hacia el norte! En el camino nacerán centenares de mariposas. Esas mariposas también tendrán crías. Las monarca que lleguen a Melville el próximo año serán bisnietas de las que vinieron este año. Asombroso, ¿no?

Con mucho cariño,

Ellie

Algunos meses después, a Ellie también le llegó el turno de marcharse de Melville.

Si quieres que te visiten las monarca, planta algodoncillo. El algodoncillo es el único alimento de las monarca. Las hembras siempre ponen sus huevos en las hojas del algodoncillo. Los huevos no son más grandes que la cabeza de un alfiler.

El último día de escuela, la clase le hizo una
fiesta de despedida a Ellie. Tess le dio una caja.

—Esto es de parte de todos nosotros, como
recuerdo de tu estancia en Melville.

Ellie abrió el regalo. Adentro había un lindo
collar de mariposas.

—¡Gracias! ¡Me encanta! —dijo Ellie—.
Lo guardaré toda la vida.

Al día siguiente, Ellie y su mamá estaban en su auto temprano por la mañana.

—Extraño nuestro hogar —dijo su mamá—, pero resulta difícil irse de Melville.

—¿Sabes qué? —dijo Ellie—. ¡Creo que pescamos la locura por las mariposas!

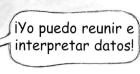

¡Yo puedo reunir e interpretar datos!

PIENSA COMO UN CIENTÍFICO

Ellie piensa como un científico, ¡y tú también puedes hacerlo! Cuando los científicos quieren comprender algo, reúnen datos (información). Luego los presentan para que otros los puedan entender.

Repaso

Los mapas nos ayudan a interpretar o entender datos. ¿Qué nos enseña el mapa de la página 9?

¡Inténtalo!

Interpreta los datos del mapa de LA MIGRACIÓN DE LAS BALLENAS GRISES para contestar estas preguntas:

- ¿Cuántas millas recorren las ballenas para llegar a su criadero?
- Explica algo sobre la ruta que siguen.
- Unos meses después de que nacen sus crías, las ballenas regresan a sus zonas de alimentación. ¿Cuántas millas de ida y vuelta recorren en total?

¿Qué otra información encuentras en el mapa?

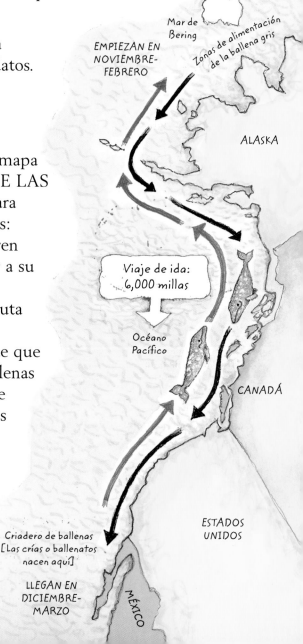

Mar de Bering

EMPIEZAN EN NOVIEMBRE-FEBRERO

Zonas de alimentación de la ballena gris

ALASKA

Viaje de ida: 6,000 millas

Océano Pacífico

CANADÁ

ESTADOS UNIDOS

Criadero de ballenas [Las crías o ballenatos nacen aquí]

LLEGAN EN DICIEMBRE-MARZO

MÉXICO

¡La ballena gris emigra más lejos que cualquier otro animal en la Tierra!